pick-up

capuchon

duikbril

Speciale dank aan mijn zoon Tim voor zijn deskundige adviezen over de duiktechniek!
Ook dank aan duikschool Private Divers.

Zwijsen

Monique van der Zanden
De Vleermuisbende

met tekeningen van René Pullens

Bikkels

	L	E	E	S	
L	Leeservaring A B C D E F G H				*vanaf 9 jaar*
A	AVI 1 2 3 4 5 6 7 8 9				
T	Thema sport; stelen				

Toegekend door KPC Groep te 's-Hertogenbosch.

Leesmoeilijkheid: woorden afkomstig uit het buitenland.

Naam: *Roel van Veen*
Ik woon met: *papa en mama*
Dit doe ik het liefst: *scubaduiken!*
Hier heb ik een hekel aan: *afwassen*
Mijn beste vrienden zijn: *Stefan en Wim*
Later word ik: *helikopterpiloot*

1. X-treem

'We zijn er bijna!' zegt de moeder van Roel. 'Volgens de kaart is het de volgende afslag.'
Roel kijkt opgewonden uit het raampje. Zijn vader schakelt terug om een hoge helling te kunnen nemen. De motor van hun oude Opel loeit een paar tellen nijdig. Ze tuffen omhoog tussen de beboste rotsen. Het uitzicht tussen de bomen door is prachtig. Je kunt ver kijken, doordat het voorjaarsgroen aan de struiken nog iel is. 'Ik zie X-treem al!' gilt Roel, en wijst naar de daken in het dal.

Even later draaien ze het terrein van X-treem op. Over de weg hangt een bord: *X-treem, centrum voor outdoor-action.* Roel ziet kano's op de glinsterende rivier dansen. Ze liggen vast aan een steiger. De Opel rijdt langzaam over de smalle weg die naar twee gebouwen leidt. Ze komen langs een wegwijzer. *Duikplaats* leest Roel op een van de bordjes. En op een ander: *Klimwand.* Hij wipt op en neer op de achterbank. Hij wil de auto uit, de rit naar de Ardennen is lang genoeg geweest!
'Daar zijn oom Han en Lars,' roept hij.
Oom Han en Lars staan voor het grootste gebouw. Ze zwaaien. In het gebouw ernaast gaat een deur open. Tante Magda komt naar buiten, ze heeft zeker de motor van de Opel gehoord.
Roel springt als eerste uit de auto. 'Hoi Lars,' roept hij,

'dag oom, dag tante!' Hij geeft zijn tante een hand.

'Wat ben je groot geworden,' zegt tante Magda verbaasd. 'Hoe oud ben je nu?'

'Tien,' zegt Roel, 'bijna elf!'

'Ha, kleine muis,' grijnst Lars. Hij geeft Roel een harde mep op zijn schouder. Zijn stem klinkt zwaar en zijn gezicht zit vol puistjes.

'Lars is vorige week zestien geworden,' vertelt oom Han. 'Maar goed ook, zo'n sterke man in huis. Er is nog veel werk aan de winkel vóór we X-treem kunnen openen!'

'Ik ben blij dat je droom werkelijkheid wordt, broertje,' zegt de moeder van Roel. Ze kust oom Han op zijn wangen. 'We komen je graag helpen!'

De vader van Roel kijkt om zich heen en ademt diep in. 'Wat een geweldige plek!' zegt hij. 'Wat moet er nog gebeuren, Han?'

Oom Han telt op zijn vingers: 'De bouw van een botenloods, kasten in elkaar schroeven voor de opslagplaats.' Hij wijst achter zich naar het grootste gebouw. 'We moeten het hoofdgebouw nog verven en inrichten.'

'Mogen die mensen eerst koffiedrinken?' vraagt tante Magda verontwaardigd. 'Kom Ben, Loes, ik laat jullie zien waar jullie kamer is. Roel, jij slaapt bij Lars, oké?'

Na de koffie sjouwt Roel zijn spullen naar de kamer van Lars.

'Jullie blijven twee weken, hè?' vraagt zijn neef.

Roel knikt blij en zegt: 'De hele meivakantie!'

'Ik leer je duiken,' zegt Lars, 'scubaduiken! Stoer, met flessen en zo.'

Roel knalt van verrassing bijna met zijn sporttas door een glazen deur. 'Kan dat?' vraagt hij met grote ogen.

Lars grijnst. 'Yep, want ik ben nu zestien. Voortaan mag ik ook met jongere maatjes duiken, want ik ben geen junior meer!'

Roel weet nog dat Lars voor het eerst zelf ging scubaduiken. Dat was twee jaar geleden, toen Lars nog in Nederland woonde. Eerst in een zwembad, daarna in een meer, en op een dag had hij zijn brevet. *Junior Diver* stond er op het papier. Toen Roel had gevraagd wat dat betekende, had Lars gezegd: jeugdduiker. Jeugdduikers mogen alleen met oudere duikers de diepte in.

'Maar we moeten toch helpen om jullie outdoorcentrum klaar te krijgen?' vraagt Roel. 'Daarvoor zijn pap en mam en ik hier!'

'Ik heb een afspraak met mijn vader,' zegt Lars. ''s Morgens helpen we, maar 's middags zijn we vrij om vakantie te vieren. We gaan lol maken, man!'

2. Een bodem van botten

'Gaan we vanmiddag duiken?' vraagt Roel de volgende dag aan Lars. Ze hebben de hele ochtend plankjes geschilderd. Op ieder plankje staat een rode driehoek met twee rode stippen eronder.

Lars schudt zijn hoofd. Hij zet een laatste streek lak op een plankje en legt het te drogen. 'We gaan vanmiddag een route uitzetten,' zegt hij. 'Daar zijn deze plankjes voor.'

'Lopend?' vraagt Roel benauwd, want hij heeft een hekel aan wandelen. 'We zouden 's middags vrij zijn!'

'Ben je gek, op de mountainbike natuurlijk!' lacht Lars. 'Je vindt het vast leuk, ik wil je iets bijzonders laten zien.'

Hoe Roel ook vist, meer laat Lars er niet over los. Ten slotte geeft hij het op. Hij roert een onderwerp aan waarover hij al een tijdje piekert. 'Hoe zit het met jouw goede ideeën?' vraagt hij, terwijl hij Lars een por geeft.

'Altijd super!' bluft die.

'Laat maar eens horen dan,' vindt Roel. 'Na de vakantie houden we een actie op school. We moeten allemaal spullen verkopen op een markt. We mogen ook iets dóén, zoals circus of zo. De opbrengst is voor Afrika, maar ik kan niks bedenken.'

'Waar is die actie voor?' vraagt Lars.

'Een meisje uit mijn klas is verhuisd naar Malawi. Ze mailde dat daar kinderen doodgaan omdat ze niet ingeënt

11

zijn. Nou willen we geld ophalen voor prikken: *Actie Prik*, hebben we het genoemd.'

'Verkoop dan brandnetels,' grinnikt Lars.

Roel geeft hem een stomp. 'Wel serieus graag!'

'Ik bén serieus,' protesteert Lars, 'dat is toch ludiek?' Hij ruimt de kwasten en het blik lak op.

Roel graait de kranten bij elkaar die ze als onderlegger gebruikt hebben. Hij vouwt ze op om ze weg te gooien. Opeens valt zijn blik op een kleurenfoto. 'Wow ... mooi!' zegt hij, 'die zou ik op school moeten kunnen verkopen!'

'Wat is mooi?' vraagt Lars en hij strekt zijn nek om ook te kijken. Het is een foto van een plankje met een stuk druipsteen erop. De steen glinstert van de kristallen. Bovenaan hangt een opgezette vleermuis, de vlerken gespreid. 'Dat is niet zo mooi,' snuift Lars.

'Hoezo?' vraagt Roel. Hij vindt het een prachtig ding!

'Vleermuizen en druipstenen zijn beschermd!' zegt Lars. 'Weet je hoelang het duurt vóór een druipsteen een beetje een druipsteen is? Ze groeien in grotten, een halve millimeter per jaar ... dat is vijf centimeter per eeuw!'

'Groeien?' vraagt Roel onnozel, 'hoe kan steen nou groeien?'

Lars knijpt hem hardhandig in zijn nek: 'Jij weet echt niks, hè? Ben je wel eens in een grot geweest?'

Roel schudt zijn hoofd.

'Dan wordt het tijd dat je dat eens doet! Misschien kan het deze vakantie wel.'

'Ik heb wel eens een foto gezien,' protesteert Roel.
'Druipstenen zijn stenen die aan het plafond van een grot
hangen!'

'Ja, of vanaf de bodem groeien,' zegt Lars. 'De grond in de
Ardennen bestaat uit kalk. Honderd miljoen jaar geleden
was hier geen land, maar zee: er leefden allemaal schelp-
diertjes. Als die doodgingen, zakte hun skelet naar de
bodem. Botten zijn van kalk, dus heel langzaam ontstond
daar een meters dikke laag kalk.'

'Ja, maar dat was op de bodem van de zee,' zegt Roel.

'Op een dag trok de zee zich terug en werd de bodem
land. Het líjkt of we hier op steen lopen, maar het ís kalk
– kalksteen!'

'Op botten!' griezelt Roel. 'Maar wat heeft dat met druipstenen te maken?'

'Kalk is poreus,' zegt Lars, 'dat betekent dat er heel kleine
gaatjes in zitten. Het regenwater zakt door die gaatjes
steeds dieper de bodem in. Onderweg lost het een beetje
kalk op en neemt het mee.'

'Oplossen? Zoals eh ... suiker in de thee?'

'Ja! Stel je voor dat die thee door een bodem van suiker
zou zakken. Onderweg zou hij steeds zoeter worden!'

Roel haalt zijn schouders op: 'Oké, maar wat dan nog?'

'Na een tijd drupt het kalkwater een grot in. Elke druppel
die uit het plafond tevoorschijn komt, laat er een klein
beetje kalk achter. Héél langzaam groeit er zo een steen-
pegeltje!'

'Een druipsteen,' knikt Roel. Nu begrijpt hij het. 'En die groeit vijf centimeter in honderd jaar? Dus de steen op de foto is …' Hij kijkt naar de krant. 'Hij is ongeveer vijfentwintig centimeter lang, dus dan is hij … wow! Wel vijfhonderd jaar oud!'

'Snap je nou waarom niemand ze mag afbreken? Je moet wel vijfhonderd jaar wachten tot er zo'n zelfde gegroeid is!'

Roel zwijgt, zo onder de indruk is hij. Dan tikt hij op de foto in de krant en vraagt: 'Is dit een nepsteen?' Hij kan het onderschrift niet lezen, want dat is in het Frans.

Lars schudt zijn hoofd: 'Nee, en dat is het probleem. Er is een club mensen die druipstenen uit grotten jat en ze verkoopt. Bovendien doden ze vleermuizen – ook verboden! Maar toeristen zijn gek op dit soort mooie souvenirs. Die schurken verdienen vast bakken geld met hun handel! De politie noemt ze de 'Vleermuisbende'. Ze jagen erop, maar ze vinden nergens een spoor.'

Roel trekt een gezicht. Hij werpt nog één blik op de foto voor hij de kranten weggooit. 'Toch mooie dingen,' bromt hij spijtig, 'onze klas zou meteen miljonair zijn.'

Buiten op het terrein luidt een bel. 'Eten!' roept Lars, 'en daarna gaan we op pad!'

3. Het verdwijngat

Ze eten in de zon, bij het riviertje dat over het terrein stroomt. Oom Han en Lars buigen zich kauwend over een kaart. Er is met stift een rode lijn op getekend.

'Je moet bij elke splitsing een bordje hangen,' wijst oom Han. 'Morgen fiets ik de route na om te kijken of hij duidelijk aangegeven is.'

'We gaan mountainbikes verhuren,' vertelt tante Magda aan Roels vader en moeder. 'Daarom is Han routes aan het uitzetten in de omgeving. Die rode is de kalksteenroute, die voert langs een paar bijzondere plekken, bijvoorbeeld ...'

'Sst!' roept Lars. 'Niks zeggen, dat is een verrassing voor Roel!'

Na het eten verdeelt Lars de nieuwe routebordjes over twee rugzakken. Hij stopt er ook een hamer en spijkers bij, en zijn kaart. Oom Han rijdt twee glimmende mountainbikes naar buiten. Aan de sturen bungelt een helm. Lars neemt de blauwe fiets, Roel de rode. Ze zetten hun helm op en hijsen ieder een rugzak om. Dan fietsen ze met een armzwaai via een steil pad het bos in.

Het eerste stuk moeten ze flink schakelen om de berg op te komen. Daarna slingert de stenige weg zich een eind over de rug van de heuvel. Op een driesprong stapt Lars af om een bordje op te hangen. Roel veegt het zweet van zijn voorhoofd, zijn rug is kletsnat. Verlangend kijkt hij het dal in, waar een meer de heuvels spiegelt. 'Hé,' zegt hij verbaasd.

'Wat is er?' vraagt Lars.

'Dat meer daar hoort toch bij X-treem?' zegt Roel. Lars heeft hem gisteren een rondleiding gegeven. 'Ik dacht dat er nog niemand op jullie terrein mocht.'

Lars haalt zijn schouders op en bromt: 'Het is niet afgezet.' Hij gaat naast Roel staan. 'Wie wil, kan ... hola!' Met grote ogen kijkt hij naar de auto aan de oever van het meer. Vier mannen beginnen er duikflessen uit te laden. 'Dát is niet de bedoeling!'

'Als ze kunnen lezen, weten ze dat,' zegt Roel. Hij denkt aan het grote bord dat oom Han bij het meer heeft gezet: *Privéterrein – voor scubaduiken melden bij X-treem*. Lars kijkt naar de bedrijvigheid bij het meer. Een van de mannen trekt een duikpak aan, een ander prutst aan een fles.

'Zouden ze zich bij pap hebben gemeld?' vraagt hij zich af.

'Bel hem, dan weet je het,' zegt Roel.

Lars trekt zijn mobieltje uit zijn zak en toetst een nummer in. Het gesprek duurt niet lang. Roel raadt het al als Lars zijn telefoon weer wegstopt. 'Je vader wist er niks van, hè?'

Lars schudt zijn hoofd. 'Hij gaat naar het meer om hen te vertellen dat dat zo niet kan. Misschien hadden ze nog een afspraak met de vorige eigenaar.'

Ze kijken in de diepte. De auto van de mannen is een pick-up: hij heeft een open achterbak. In de bak staan houten kisten.

'Wat zou daarin zitten?' vraagt Roel.

'Er staan letters op,' zegt Lars, 'van ... van toast of zoiets.'
Ze knijpen hun ogen tot spleetjes en turen. Maar de letters zijn van hieraf niet duidelijk te lezen. 'Waarom slepen ze die kisten mee als ze gaan duiken?' vraagt Roel zich af.

'Misschien hebben ze na een duik altijd honger!' lacht Lars. 'Kom op, wij gaan verder, we moeten nog een heel eind.'

Meer dan een uur ploeteren ze over de hellingen, heuvel af, heuvel op. Door modder en water, over stenen en smalle slingerpaadjes.

'Leuk!' grijnst Roel hijgend, als ze voor de zoveelste keer stoppen. 'Ik wou dat ik zo elke dag naar school kon!'

'Doe dan een mountainbikeparcours voor *Actie Prik*,' oppert Lars. 'Met een modderbak en zo.'

Roel grinnikt. 'Ze zien me op school al aankomen met vrachtwagens vol blubber!'

'Om de bocht komt mijn verrassing,' belooft Lars en stapt weer op zijn fiets.

Ze hebben al een tijdje een riviertje gevolgd. Het stroomt bruisend over zijn rotsige bedding de heuvel af. 'Ga jij maar voorop, en blijf langs het water rijden,' zegt Lars. Roel snapt niet waarom hij grinnikt.

Maar dat komt gauw genoeg! Roel slaat de bocht om die rond een groot rotsblok loopt en ... 'Hé!' roept hij.

De rivier houdt op! Het water staat in een klotsende plas aan de voet van een hoge rotswand. Lars schatert om het gezicht van zijn neefje. 'Dat is een verdwijngat,' hikt hij. 'Een verdwijn ... wát?' vraagt Roel verbaasd. 'Waar is die rivier heen? Waar blijft al dat water? Dat kan toch niet zomaar weg zijn?'

Ze stappen af en lopen naar de rand van de plas. Bij de rotswand borrelt en bruist het water. 'Het spoelt hier de grond in,' vertelt Lars. 'Pap heeft een folder gemaakt om het uit te leggen aan de toeristen. Er zijn veel verdwijngaten in de Ardennen, de grond is hier net gatenkaas.'

Roel tuurt naar de bergwand. 'Is daar een grot?'

Lars knikt: 'Water is zó sterk – het schuurt grotten uit in de kalkbodem. Dit riviertje stroomt een poosje onder de grond. Het komt pas over twee kilometer weer boven.'

'Dat is leuk!' lacht Roel. 'Een rivier die onder een berg door stroomt!' Hij kijkt naar het verdwijngat waarvan niet meer dan een spleet te zien is. De rest zit onder water. 'Zijn er veel grotten in de Ardennen?' vraagt hij.

'Het stikt ervan,' zegt Lars. 'We kennen ze nog lang niet allemaal. Ik zou best eens een nieuwe willen ontdekken!'

Als ze terugkomen, is oom Han een rij boompjes aan het planten. 'Zo mannen, is het gelukt met het uitzetten van de route?' lacht hij.

'Dat moet jij ons morgen maar vertellen,' zegt Lars. 'Heb je die mannen bij het meer nog gezien?'

'Ja, en ik heb ze voor vanmiddag toestemming gegeven tegen vier euro de man. Maar het waren rare kwibussen. Ze waren binnen een uur weer weg!'

'Hoe weet je dat?'

'Ik ging terug naar het meer om hun wat folders over X-treem te geven. Toen zag ik alleen nog maar de banden-sporen van hun pick-up.'

'Vonden ze het zeker niet interessant genoeg,' bromt Lars. 'Ik zei je toch: we moeten er een wrak leggen, pap!'

'Een wrak?' vraagt Roel verbaasd.

Oom Han leunt lachend op zijn schep. 'Een boot laten zinken,' zegt hij. 'Dat wordt wel meer gedaan nu scuba-duiken zo ín is. Een wrak verkennen op grote diepte is leuk.'

'Speelgoed voor grote mensen,' grapt Lars, terwijl hij Roel hardhandig over zijn bol aait. 'En we moeten steuren uit-zetten, pap, dat zijn net haaien!'

'Ja jong, we zullen er een complete Efteling van maken,' belooft zijn vader droogjes. Hij kijkt Roel plagend aan. 'Ben jij het met je neef eens? Is duiken saai zonder haaien en wrakken? Of ga je morgen met ons mee de diepte in?'

Roel krijgt een kleur van plezier. 'Yes!' roept hij uit. 'Ik vind het best zonder haaien!'

4. Scubaduiken!

'Je eerste les krijg je van pap,' zegt Lars de volgende dag.
Ze proppen hun zwemspullen in een tas. 'Hij is instruc-
teur, zie je. Later kunnen we samen wel verder oefenen.'
Ze lopen de trap af en gaan naar het hoofdgebouw.
Pap en mam zijn raamkozijnen aan het schilderen. Tante
Magda lakt de lange houten toonbank. 'Heb je er zin in,
Roel?' vraagt ze.
'Ik kom straks foto's maken!' roept mam.
Achterin staat oom Han met drie kunststof kisten en drie
duikflessen. 'Breng onze kisten en de flessen maar vast
naar de auto, Lars,' zegt hij. 'Ik kijk even met Roel of zijn
wetsuit past.'
Hij trekt een pak met capuchon uit de derde kist. 'Kijk,
jongeman, in dit pak blijf je warm. Wetsuit betekent nat-
pak. Het heet zo omdat er bij je enkels, hals en polsen
water in kan.'
'Dan krijg ik het toch juist koud!' zegt Roel.
'Niet als het precies past,' lacht oom Han. 'Het water is
dan maar een dun laagje tussen je pak en je vel. Dat
dunne laagje wordt lekker warm. Hier, trek eens aan!'
Roel trekt vlug zijn korte broek en T-shirtje uit. Hij
wurmt zich in het strakke pak. Het zit hem als gegoten.
Hij voelt zich stoer!
'Je moeder had me je maat verklapt,' grinnikt oom Han.
'Hier, nu je zwemvliezen nog, en je handschoenen.'

Alles past perfect en even later zitten de spullen weer in de duikkist. Roel mag hem zelf naar de Landrover sjouwen, terwijl oom Han de loodgordels draagt.

Oom Han parkeert de auto op het strandje bij het meer waar gisteren de pick-up stond. Het water ligt tussen de steile, beboste hellingen te schitteren in de zon.

'Het is een oude, verlaten steengroeve,' vertelt Lars. 'Ze hebben hem laten onderlopen; op sommige plekken is het water wel zevenenveertig meter diep!'

'Maar zo diep gaan jullie niet!' zegt oom Han dreigend.

'Ik zou het niet in mijn hoofd halen,' antwoordt Lars. 'Ik ben niet achterlijk!'

Ze laden de Landrover uit. Roel doet zijn kist open en trekt met bonzend hart zijn wetsuit aan. Hij gaat écht duiken!

Oom Han en Lars zitten geknield bij de metalen duikflessen. 'Weet je waar het woord scuba vandaan komt?' vraagt oom Han aan Roel. Die schudt zijn hoofd. 'Het is een Engelse afkorting, en die betekent zoveel als: onder-water-ademapparaat. Kijk!' Hij houdt een vuistgroot metalen ding met vier slangen eraan omhoog.

'Pak je trimvest maar eens.'

'Dit?' vraagt Roel. Hij pakt een soort bodywarmer uit zijn duikkist.

Oom Han knikt. Hij gespt het trimvest aan de fles. Dan schuift hij het apparaat met de slangen erover en schroeft

het vast. 'Nu heb je alles wat je nodig hebt,' zegt hij. Hij tilt een voor een de vier slangen omhoog. 'Een slang waardoor je zelf ademt. Een slang die je duikmaat in geval van nood kan gebruiken. Een slang met kompas, dieptemeter en drukmeter. En tot slot de inflator. Dat is Engels; je schrijft inflator, maar je zegt *infleetur*. Dat is de slang waarmee je lucht uit je fles in je vest kunt blazen. Zo kun je gemakkelijk blijven drijven, of opstijgen uit de diepte.' Hij zet Roels trimvest met de fles op een rotsblok. 'Ga maar eens zitten,' zegt hij, 'dan trekken we alles aan.' Eerst klikt Oom Han een riem met blokken lood om Roels middel. Dan helpt hij hem in zijn trimvest. Hij zet de buiksluiting nog iets strakker en klikt het borstriempje vast. 'Ziezo,' zegt hij. 'Nu je masker nog. Trek het over je hoofd, maar laat het zolang onder je kin bungelen.'
'Moet ik het niet op mijn voorhoofd zetten?' vraagt Roel.
'Welnee, dat doen ze alleen in de film,' grinnikt oom Han. 'De eerste de beste golf zou je masker meenemen. Nou kerel, blijf maar even zitten tot wij ook klaar zijn.'

5. Wedstrijdje onder water

Het duurt niet lang of ze zijn alle drie veranderd in een stoere duiker. Roel komt overeind van zijn steen en kukelt bijna weer om. 'Wow,' hijgt hij, 'het lijkt wel of dat hele rotsblok aan mijn rug hangt!'
Lars slaat dubbel van het lachen.
Een beetje benauwd loopt Roel het meer in. Hij zinkt vast als een baksteen! Hadden ze hem maar even verteld hoe hij door zijn slang moet ademen! Maar als hij dieper komt, gebeurt er iets vreemds. Opeens is het gewicht van de fles weg!
Lars lacht nog harder. 'Je moet je eigen gezicht eens zien!' schatert hij. 'In het water wegen dingen veel minder, wist je dat niet?'
Roel spettert een armvol water in het gezicht van zijn neef. Die had daar niet op gerekend en krijgt een golf water binnen. Hij hoest en proest tot de tranen in zijn ogen staan. Roel kijkt toe met een brede grijns. 'Neefjes pesten is linke soep, wist je dat niet?' zegt hij, Lars' stem naäpend.

Een eindje verderop voelt hij geen bodem meer en moet hij watertrappen.
'Blaas je vest op,' raadt oom Han hem aan. Hij pakt Roels inflator en wijst hem op een knop. 'Als je hierop drukt, blaas je lucht in je vest. Met een opgeblazen trimvest blijf

je gemakkelijk drijven. Met de knop ernaast laat je het leeglopen, dan zink je.'

Roel blaast zijn trimvest op. Dat is lekker! Hij dobbert in het glinsterende water, een beetje achterover kantelend door zijn fles.

Zijn oom helpt hem zijn zwemvliezen aan te trekken. 'Dat kun je pas in het water doen,' zegt hij. 'Met die onhandige flapdingen aan je voeten kun je op de kant niet lopen.

Oom Han wenkt Lars dichterbij en zegt: 'Verder dan hier gaan we niet. Het is hier nergens dieper dan twee meter, voorlopig diep genoeg.' Hij wijst naar een grove den die als een brug over het water hangt. 'Pas bij die den gaat de bodem opeens steil naar beneden.'

Hij kijkt de jongens aan. 'Oké, vanaf nu zijn jullie buddy's: duikmaten. Buddy is Engels voor vriend. Duiken doe je áltijd met z'n tweeën. Buddy's helpen en controleren elkaar. Zowel boven als onder water moet je helemaal op elkaar kunnen vertrouwen!'

Roel knikt ernstig. Oom Han vraagt hem: 'Stel je nou voor … Je wilt onder water iets zeggen tegen je buddy. Hoe zou je dat doen, Roel?'

'Met gebaren?' bedenkt Roel.

'Precies! Laat hem de afgesproken tekens maar eens zien, Lars.'

Lars maakt een rondje van zijn duim en wijsvinger. 'Dit betekent: alles oké. En als er iets niet oké is …' Hij maakt schommelbewegingen met zijn vlakke hand. 'Verder steek je, als je omhoog wilt, je duim omhoog. En wil je omlaag, dan doe je je duim omlaag.'

Roel doet de gebaren na. Hij eindigt met zijn duim omlaag!

Oom Han lacht. 'Laten we dat maar doen dan,' zegt hij. 'Zet je masker op en neem je ademautomaat maar eens in je mond. Dat is het mondstuk aan het eind van die slang.' Roel voelt kriebels in zijn buik. Hij zet zijn masker op en pakt de slang met het mondstuk. Even aarzelt hij, dan stopt hij het in zijn mond. Zijn volgende teug adem komt sissend uit de fles!

'Prima!' zegt oom Han. 'Nu het állerbelangrijkste van scubaduiken: blijf altijd ademen! Hou je adem niet in, want dan gaan diep onder water je longen stuk.' Hij kijkt of Roel het goed begrepen heeft en zegt dan: 'Daar gaat-ie! Hou je inflator omhoog en laat je vest leeglopen, dan zak je vanzelf. Probeer maar eens of je op de bodem kunt komen. Als het lukt, kun je op je knieën gaan zitten. Of als je veel lef hebt, kun je op je buik gaan liggen!'

Hij zet zijn masker op en doet zijn ademautomaat in zijn mond. Dan doet hij zijn duim omlaag.

Roel drukt de knop in. Zijn trimvest loopt leeg. In een wolk van luchtbellen zakt hij langzaam onder water. Wiebelend zinkt hij steeds verder. En dan raken zijn knieën de bodem. Voor zijn ogen doemen oom Han en Lars op. Hun haren zweven in het water, een stroom luchtbellen dwarrelt omhoog. Ze kijken vragend naar Roel en maken het oké-teken.

Roel grijnst. Hij ademt diep in en uit. De lucht in zijn slang sist. De lucht in het water borrelt. Hij steekt zijn hand op en antwoordt met duim en wijsvinger: alles oké! Lars laat zich voorover zakken en gaat op zijn buik liggen. Kalmpjes leunt hij met zijn ellebogen op de bodem, zijn handen over elkaar. Oom Han doet hetzelfde. Roel wil zich niet laten kennen. In een oogwenk ligt hij ook, en nu is hij de eerste die oké seint!

Oom Han wijst naar Lars, en dan naar Roel. Hij wijst een paar keer op en neer en doet alsof hij armpje drukt. Lars' ogen twinkelen achter zijn masker. Hij zet zijn elleboog op de grond en doet zijn hand omhoog. Hij wiebelt met zijn vingers naar Roel, alsof hij zegt: kom maar op!

Roel zet zijn elleboog tegen die van Lars. Ze pakken elkaars handen beet. Oom Han telt af op zijn vingers: één … twee … drie! Allebei drukken ze zo hard ze kunnen, hun armen trillen. Opeens geeft Lars zich gewonnen. Roel duwt de arm van zijn neef met een snelle beweging opzij. Lars maakt er een hele show van. Hij doet alsof Roel hem een reusachtige zet gegeven heeft. In een flits van wervelend water, luchtbellen en slangen tolt hij om zijn as. Roel begrijpt wel dat Lars hem voor de gek heeft gehouden. Jaloers denkt hij: kon ik ook maar vast zó duiken!

6. Raadseltje

Als ze na de duikles hun spullen ingepakt hebben, tikt Roel oom Han aan. 'Kunnen we nog even zwemmen?' vraagt hij.

'Als jullie niet te lang wegblijven,' zegt oom Han. 'Ik ga de barbecue aansteken!'

Het water van het meer is fris als je geen pak draagt! Het is immers pas mei. De zon schijnt al twee weken, maar heeft het water nog niet kunnen opwarmen. 'Met een wetsuit is lekkerder,' zegt Roel klappertandend, tot zijn heupen in het water. Lars mept op het water zodat er een hoos ijskoude druppels op Roel neerspettert. Die brult het uit.

Na een fel watergevecht gaan ze tussen een stel hoge rotsen liggen om op te drogen. De steen heeft liggen stoven in de zon en straalt als een oven. 'We moeten zo terug,' zegt Lars.

'Hm-m,' bromt Roel. Eigenlijk ligt hij veel te lekker! Hij wil nog wat zeggen, maar dan klinkt het geluid van een motor.

Lars gluurt om de hoek van het rotsblok waar hij tegenaan ligt. 'Hé, dat is die pick-up van gisteren,' zegt hij. Hij duikt terug achter de stenen. 'Dat is brutaal! Waarom komen die kerels terug?'

'Misschien iets vergeten,' mompelt Roel.

'Ja, hun voetstappen,' zegt Lars, 'sst!' Hij gluurt weer om

de rots. De pick-up is gestopt en er stappen twee mannen
uit. Ze zeggen iets tegen elkaar, maar de jongens kunnen
het niet verstaan. Bij de oever van het meer trekt een van
de mannen zijn kleren uit. In zijn zwembroek loopt hij
het water in.
'Wat gaat die doen?' vraagt Roel zich af.
'Sst!' sist Lars, en drukt Roels hoofd naar beneden.

De man zwemt met lange slagen naar een plek bij de rotswand, veertig meter verderop. Het is niet ver van de grove
den die over het water hangt. Bij de wand aangekomen
blijft hij een poosje watertrappen. Hij lijkt aan de rotsen
te krabben. Lars en Roel turen, maar ze kunnen het niet
goed zien. De man op de oever beent ongeduldig op en
neer.
Na een paar minuten zwemt zijn vriend terug. Druipend
klimt hij op de oever, droogt zich af en kleedt zich aan.
Dan stappen de twee in de pick-up en langzaam hobbelt
de auto de weg op.

Als hij verdwenen is, komen Roel en Lars tevoorschijn.
Hun gezicht is één groot vraagteken. 'Ik ga kijken,' zegt
Lars en loopt naar het water.
Hij zwemt naar de plek waar de kerel een tijdje rondhing.
Roel kijkt ingespannen toe. Zijn neef zwemt langzaam
langs de rotsen, zonder te weten waarnaar hij zoekt.
Opeens gaat zijn hand omhoog en hij pulkt aan iets.

Meteen daarna draait hij zich om en zwemt weer naar de kant.

'Wat heb je?' roept Roel hem toe.

Lars geeft geen antwoord, maar klimt eerst op de oever. Daar opent hij hijgend zijn hand. Er ligt een wit plaatje in van ongeveer vijf bij tien centimeter. 'Dit zat aan de rotsen,' zegt hij. 'Ik snap er geen barst van.'

'Misschien zat het er al lang,' oppert Roel. 'Heeft die kerel er niks mee te maken. Misschien zocht hij iets wat hij verloren had.'

'Je grootmoeder op een houtvlot,' zegt Lars. 'Dit ziet er nieuw uit. En die vent had toch niks in zijn handen toen hij het water uitkwam?'

Roel haalt zijn schouders op. 'Misschien kon hij het niet vinden.'

Niet overtuigd staart Lars nog een paar tellen naar het plaatje. Dan haalt hij ook zijn schouders op. 'Leuk raadseltje,' zegt hij. 'Maar niet op een lege maag. Kom, als we niet opschieten is ons vlees zwart verbrand!'

7. Roel vindt een steen

Het hoofdgebouw wordt snel mooier. Alle deuren en kozijnen zijn geverfd in een vrolijke kleur. De toonbank is klaar en de kasten voor de opslag zijn in elkaar geschroefd. Ze staan verdeeld over de verschillende hoeken in het hoofdgebouw. Eén hoek kanoverhuur waar de zwemvesten komen. Eén hoek voor duikspullen en één voor klimspullen. En ten slotte een hoek met helmen voor de fietsverhuur.

Roel en Lars sjouwen dozen vol folders van het woonhuis naar het hoofdgebouw. 'Onze eigen folders, en folders van allerlei dingen in de buurt,' zegt Lars.

Roel bladert en leest. 'Hé, dit gaat over het verdwijngat,' zegt hij.

'Pap is de rode route nafietsen,' zegt Lars. Hij ritst met een mesje de volgende doos open. 'Als we geen fouten hebben gemaakt, krijgen we een ijsje!'

'Er staat hier nog meer over grotten,' leest Roel. 'Er komen veel vleermuizen voor in de streek. Maar de plek waar ze overwinteren, is nog niet gevonden.'

'Vast een geheime grot,' grijnst Lars. 'Misschien ga ik hem wel zoeken de komende winter. Als ik die eens ontdek ...!'

Roel kijkt jaloers en zucht: 'Ik wou dat ik hier woonde.'

Ze zetten van elke folder er tien netjes in de molens en rekken. De rest gaat in stapeltjes onder de toonbank.

De ochtend verstrijkt met klusjes ... en met een ijsje! Oom Han is terug en is dik tevreden. 'Aan jullie kan ik wat overlaten,' bromt hij.

's Middags dropt Roels vader de jongens met duikkisten en flessen bij het meer. 'Zijn jullie voorzichtig?' zegt hij. 'Bel maar als we jullie moeten ophalen.'

Als hij weg is, zegt Lars: 'Ik bouw de sets wel op.' Hij pakt zijn trimvest, fles en slangen en schroeft alles in elkaar. Roel kijkt toe en probeert te onthouden hoe het moet. 'Zouden we ook een keer in dat verdwijngat kunnen duiken?' vraagt hij. Hij is erg nieuwsgierig naar de onderaardse rivier.

'Ben je gek!' lacht Lars. 'Dat is hartstikke gevaarlijk! Om in grotten te duiken heb je een speciale uitrusting nodig.'

'O,' zegt Roel beteuterd.

Roel moet weer even wennen. Omláág in de groene, stille diepte is niet zo moeilijk. Maar als Lars soepel over de bodem wegzwemt, voelt Roel zich net een krab. Hij peddelt met zijn armen en trappelt, maar hij komt niet vooruit. Hij stoot zijn knieën aan de bodem en zakt steeds naar beneden.

Gelukkig kijkt Lars als een trouwe buddy om. Hij zwemt terug en pakt de inflator van Roel. Hij houdt hem voor Roels gezicht en drukt op de zwarte knop. Lucht sist Roels trimvest binnen en hij voelt hoe hij een beetje omhoog zweeft. Nu hangt hij een eindje boven de bodem en kan hij zwemmen. Hij kijkt goed hoe Lars het doet. Lars' armen hangen stil en alleen zijn benen bewegen. Hij buigt zijn knieën niet, maar beweegt zijn zwemvliezen langzaam op en neer.

Ingespannen doet Roel hem na. Eerst willen zijn zwemvliezen nog ieder een andere kant op. Hij krijgt er kramp van in zijn kuiten. Maar na een paar rondjes krijgt hij de slag te pakken. Dat gaat lekker! Hij zweeft als een vis door het water, kalm peddelend met zijn voeten. Zijn armen hangen losjes onder hem.

Lars maakt het teken dat ze naar boven gaan: hij steekt zijn duim omhoog. Roel doet ook zijn duim omhoog. Hij blaast zijn trimvest verder op. In een paar tellen dobbert hij aan de oppervlakte. 'Dat ging goed!' roept hij enthousiast als hij zijn mondstuk heeft uitgespuugd.

'Dat ging zeker goed,' grijnst Lars.

Roel smakt en zegt: 'Mijn keel is hartstikke droog.'

'De lucht in de flessen is droog,' knikt Lars. 'Het went wel, hoor. Wil je wat drinken aan de kant?'

'Oké,' zegt Roel, 'maar daarna wil ik weer duiken!'

Ze klauteren op de kant en Lars haalt een fles cola uit zijn tas. Om de beurt nemen ze een slok. Opeens ziet Roel iets glinsteren, een paar meter verderop. Nieuwsgierig loopt hij ernaartoe. Het is een langwerpig steentje van een centimeter of acht. Het ziet eruit als een stukje rots, maar dan met een heleboel kristallen erop. Ze spatten vonken in de

zon als Roel het steentje ronddraait.

'Wat heb je daar?' roept Lars.

Roel laat het hem zien. 'Kun je die hier zomaar vinden?' vraagt hij. 'Dan ga ik ze zoeken voor *Actie Prik*!'

Lars fronst zijn wenkbrauwen en zegt: 'Het lijkt me eerder iets dat iemand verloren heeft. Ik heb zulke stenen nog nooit zomaar opgeraapt!'

Roel spert zijn ogen wijd open en roept: 'We moeten duiken! Misschien liggen er een hoop op de bodem van het meer! Hier was toch een steengroeve?'

Lars zegt lachend: 'Een steengroeve, ja, maar niet voor edelstenen, snuggere Henkie! Ze hebben hier jarenlang leisteen uitgekapt voor dakpannen en zo. Misschien kunnen we er daarvan nog een paar vinden voor *Actie Prik*, ook leuk!'

Roel steekt zijn tong uit en stopt het steentje in zijn tas. Hij neemt zich voor om tóch goed rond te kijken!

8. Vossenpoep

'Ik heb vossenpoep gezien!' zegt Lars een paar dagen later.
'De drollen waren vers, dus de vos zit nog in de buurt.'
'Ik zou best eens een vos willen zien!' zegt Roel.
'In de schemering hebben we de meeste kans,' zegt Lars.
'Kies maar: morgen heel vroeg of vanavond?'
'Vanavond!' zegt Roel gretig.
Ze hangen tot het avondeten een beetje rond op het ter-
rein. Roels vader en oom Han bouwen met een paar man-
nen aan de botenloods. Dat is leuk om naar te kijken. Op
de steiger speelt een radio. Om vijf uur spitst Roel zijn
oren: het nieuws gaat over de Vleermuisbende! Er zijn
weer verboden souvenirs in de handel opgedoken. Maar
het spoor naar de bende loopt dood bij la Roche-en-
Ardenne.
'Dat is hier niet zo ver vandaan,' zegt Roels vader.

Als ze hebben afgewassen, begint de zon onder te gaan.
'Ga je mee?' zegt Lars tegen Roel. 'We lopen eerst naar de
plek waar ik die poep heb gevonden.'
Zonder te praten lopen ze over een slingerend pad door
het dal. Ze speuren de hellingen af en luisteren scherp of
ze takken horen kraken. In het diepste deel van het dal
loopt het pad door een stuk moeras. Overal klinkt het
geluid van sijpelend en stromend water. De neven moeten
balanceren over takken en stenen die in de modder liggen.

'Die heb ik erin gegooid,' zegt Lars. 'Wees me maar dankbaar, jochie. Anders liep je nu tot je enkels in de blubber!'

'Nou en?' zegt Roel. 'Blubber is leuk!'

De zon werpt lange bundels licht tussen de stammen. Hij zakt steeds verder en gloeit ten slotte alleen nog rood op de boomschors. Na een tijdje begint de weg weer te stijgen en wordt hij hard en stenig. Daar wijst Lars naar de grond: 'Kijk! Hier liggen de drollen die ik bedoelde. Vossen poepen midden op de paden, alsof ze willen zeggen: ik ben hier!'

Roel knielt neer en kijkt in de vallende schemering naar de lange spitse drollen. 'Er zitten haren in en botjes,' griezelt hij.

'Wat dacht je dan dat vossen aten, andijvie met appelmoes?' grinnikt Lars. 'Muizen en konijnen zijn nou eenmaal harig en bottig, jochie.'

Ze praten met gedempte stemmen om de vos niet af te schrikken. Maar hoe ze ook turen, er is geen spoor van het dier te bekennen. Ze slenteren verder, hun voeten zo zachtjes mogelijk neerzettend. Om hen heen wordt het donker onder de boomkruinen, en heel stil.

'Weet je straks de weg nog terug?' fluistert Roel.

'Op mijn duimpje,' stelt Lars hem gerust.

Hij wil nog iets zeggen, maar het knappen van takken onderbreekt hem. Links van hen, de heuvel op, beweegt iets in het kreupelhout!

Lars grijpt Roel bij de arm. Hij sist: 'Een hert!'

Het hert heeft hen nog niet in de gaten. Vol ontzag kijkt Roel naar het dier dat langzaam door het kreupelhout stapt. Plotseling blijft het staan en snuift. Het dier wendt zijn kop naar de twee jongens, die als bevroren op het pad staan. Het volgende ogenblik springt het weg alsof het een stuiterbal is. Met hoge sprongen danst het tussen de dennenbomen door en verdwijnt in het bos.

'Wow!' roept Roel dan uit. 'Dat was mooi! Maar hij had geen gewei, Lars. Hoe kan dat?'

'Het was een vrouwtje, denk ik,' antwoordt Lars. 'Een hinde. Alleen mannetjesherten hebben een gewei, en dat valt in het voorjaar af. Vóór de zomer groeit er een nieuw en groter op hun kop.' Hij kijkt spijtig in het rond. 'Dat was het dan. Die vos zien we niet meer, het wordt te donker.'

'Jammer,' zegt Roel. 'Maar dat hert was gaaf! We kunnen morgen toch weer gaan kijken?'

'Yep,' zegt Lars. 'Dat kunnen we doen. En nou denk ik dat we langs het meer terug moeten. Ik ga in het pikkedonker liever niet door dat blubberige moeras.'

Roel is blij dat zijn grote neef zo goed de weg weet. Hij vindt het eng in het stikdonkere bos, al laat hij daarvan niks merken. Hij bijt nog liever zijn tong af! Ze stappen zwijgend voort. Om hen heen kreunen de bomen in de wind en ritselen er kleine diertjes. Ver weg roept een uil. Plotseling klinkt er een luid gesis!

'Zitten hier slangen?' vraagt Roel, wit van schrik.

9. Schatzoekers

'Nee,' zegt Lars, 'dat lijkt wel ... dat is ...' Je hoort de verbazing in zijn stem. 'We zijn hier vlak bij het meer. Weet je nog van het duiken dat je luchtslang opeens zo sissen kan?'

'Als je bovenkomt en je je ademautomaat uit je mond haalt,' weet Roel. 'Dan spuit het opeens lucht als je het verkeerd-om houdt.'

'Ja,' knikt Lars, 'en als je het omdraait, houdt het op. Zó'n gesis is het ... ze zijn daar toch niet aan het duiken?'

Roel staart hem met grote ogen aan. 'Die mannen van die pick-up?' weifelt hij.

Lars klemt zijn lippen op elkaar en zegt: 'We gaan kijken. Als we hier omhoog klimmen, hebben we uitzicht op het meer. Ik wil die kerels niet tegen het lijf lopen!'

'O, maar ik mag wél mijn nek breken op die pikdonkere helling!' sputtert Roel tegen.

'Ben je gek, het is maar een klein stukje,' zegt Lars.

Hij begint te klimmen en met een zucht volgt Roel hem. Gelukkig valt het mee. De helling is niet steil en ze kunnen voorzichtig van boom tot boom lopen. Bovendien is de maan opgekomen, en die werpt een vaag schijnsel in het bos. Het duurt niet lang of ze bereiken de top. Ze tijgeren op hun buik verder. Plotseling slaakt Roel bijna een kreet van verrassing. Tien meter onder hen ziet hij het meer glanzen. En inderdaad: op het strandje staat de pick-up die ze eerder hebben gezien!

'Wat een lef!' gromt Lars. 'Ze gaan gewoon dóór met hier te duiken, desnoods midden in de nacht!'

Roel stoot hem aan: 'Kijk eens!' Hij wijst op een lichtbundel die door de duisternis flitst. Het is een lamp die een van de mannen over het water laat schijnen. Aan de overkant, op de rotswand, licht een wit rechthoekje op.

'Dat is net zo'n plaatje als ik er vanaf heb gehaald,' zegt Lars verbaasd. 'Het reflecteert!'

'Dáárom hebben ze dat vastgemaakt op de rotsen,' sist Roel. 'Om die plek terug te kunnen vinden in het donker!'

'Nou, dan hebben ze de eerste keer op hun neus gekeken,' zegt Lars. 'Toen heb ik het gejat.'

'Maar ze zijn nog een keer met een ander plaatje teruggeweest,' zegt Roel.

Lars knijpt zijn ogen tot spleetjes. 'Er moet wel iets vreselijk belangrijks liggen op die plek,' zegt hij langzaam. 'Waarom doen ze anders zo veel moeite?'

'Een schat!' hijgt Roel. 'Er ligt daar vast een schat!'

De man met de lamp staat op het strandje. Hij kijkt naar zijn makkers in het water. Die zijn alle drie in wetsuit en dobberen rond bij het reflecterende plaatje. Opeens verdwijnen twee van de drie onder water. De derde zwemt het meer over, terug naar de plek waar de pick-up staat. Hij komt maar langzaam vooruit, alsof hij iets met zich meesjouwt. Roel en Lars kijken ademloos toe.

De bodem glooit naar het strandje, en de zwemmer loopt naar de kant. Hij heeft een net in zijn handen. De twee jongens op de heuveltop rekken hun hals. 'Dozen,' bromt Roel teleurgesteld. 'Nou weten we nog niks!'

De man op de oever haalt de dozen uit het net. Hij draagt ze naar de pick-up en stapelt ze in een van de toast-kisten. 'Ze halen iets omhoog uit het water,' fluistert Lars. 'De bodem is daar niet zo diep; misschien ...' Hij maakt zijn zin niet af, maar zijn ogen schitteren in het maanlicht.

Roel raadt zijn gedachten. 'Je wilt duiken!'

Lars knikt. 'Morgen. Zo te zien is daar geen bijzondere apparatuur voor nodig. Wat zij doen, kunnen wij ook!'

'We kunnen beter naar die pick-up sluipen,' stelt Roel voor. 'Terwijl die kerel daar bij het water staat, kunnen wij zo'n kist openmaken.'

'Te link,' meent Lars, 'en morgen overdag lopen we geen gevaar. Dan laten ze hun neus vast niet zien!'

'En als ze vannacht alles weghalen?' vraagt Roel.

Lars haalt zijn schouders op: 'Dan hebben we pech!'

10. Een verrassing

Die nacht kan Roel nauwelijks in slaap komen. Wat zou er verborgen liggen op de bodem van het meer? Goud, parels, de buit van een bankroof?

'Langslaper!' roept Lars, terwijl hij het kussen onder Roels hoofd wegtrekt. 'We zitten al aan de koffie en jij ligt nog te pitten. Het is halfelf, man!'
Roel schiet snel zijn kleren aan. 'Je hebt toch niks aan je vader verteld van gisteravond, hè?' vraagt hij.
'Natuurlijk niet, kuiken. We gaan eerst zelf eens kijken wat we aan de weet kunnen komen.'
'Weet je zeker dat zo'n duik niet gevaarlijk is?'
'Wat denk je, anders zou ik het toch niet doen! Het wordt warm vandaag. Pap vindt het goed dat we nu al naar het meer gaan, hij brengt ons. Er is hier voor ons op dit moment toch niet zo veel werk.' Lars kijkt hoe Roel zijn veters in zijn sportschoenen propt. 'We nemen een duiklamp mee, dan kunnen we meer zien onder water.'

Bij het meer is niets meer te zien van de drukte van vannacht. Oom Han tilt de duikkisten en de flessen uit de auto. 'Wees voorzichtig, jongelui. Geef maar een belletje als ik jullie moet komen ophalen. Je hebt ieder een extra fles!'
Roel en Lars steken hun hand op als oom Han wegrijdt.

Dan hijsen ze zich snel in hun duikuitrusting. Ze lopen met bonzend hart het water in. Aan de pols van Lars bungelt een duiklamp aan een riempje.

Omdat ze niet weten wat ze zullen ontdekken, zijn ze zuinig met hun lucht. Het stuk naar de rotsen aan de overkant zwemmen ze zonder hun fles te gebruiken. Ze zijn nog nooit eerder zover geweest. Roel kijkt een beetje benauwd. Oom Han heeft hen verboden gekke dingen te doen ...

Lars raadt wat er is. 'Wees maar niet bang,' zegt hij, 'de bodem loopt hier nog steeds geleidelijk af. Pas voorbij die overhangende den gaat het steil naar beneden. Ik denk dat het niet meer dan zeven of acht meter is daarginds.' Hij knikt naar de plaats waar het witte plaatje op de rotsen zit. Even later dobberen ze op de plek waar de mannen gisteren doken. 'We laten ons eerst gewoon maar eens naar de bodem zakken,' zegt Lars.

Roel knikt. Dat kan hij wel. In de afgelopen week hebben ze samen heel wat gedoken. Daarbij hebben ze alle belangrijke dingen geoefend. Hij kan zijn mondstuk blindelings terugvinden als hij het verliest. Hij kan een volgelopen masker onder water leegblazen. Hij kan ademen uit Lars' duikfles in geval van nood, en nog veel meer. Het enige verschil is dat hij nog nooit acht meter diep is geweest. Benauwd vraagt hij: 'Maarre ... opstijgen van acht meter ... Dat moet toch op een speciale manier?'

Lars knikt. 'Als je te snel omhoog gaat, gaat je bloed bruisen als cola. Daar word je niet vrolijk van!' Hij moet lachen om Roels angstige gezicht. 'Als je gewoon kalmpjes opstijgt, is er niks aan de hand. Ongeveer een meter per vier seconden omhoog, zwem maar met mij mee.'

Roel is gerustgesteld. Ze spugen in hun masker zodat het niet zal beslaan en zetten het op. Ze nemen het mondstuk van hun luchtslang in de mond en pakken hun inflator. Dan geven ze elkaar het oké-teken en wijzen daarna met hun duim omlaag.

Terwijl de bellen om hem heen borrelen, zakt Roel langzaam de diepte in. Af en toe klappen zijn oren dicht door de toenemende waterdruk. Als dat gebeurt, knijpt hij zijn neus dicht en blaast een korte stoot. Dan ploppen zijn oren weer open. *Klaren* heet dat in duikerstaal.

Vlak boven de bodem blijven de twee jongens zweven. Ze zorgen ervoor de grond niet te raken, want er ligt een laagje slib. Als je dat aanraakt, wolkt het op en wordt het water een soepie!

Lars knipt zijn duiklamp aan. Traag bewegend speuren ze de bodem af. Er is niks bijzonders te zien. Geen kist, geen wrak, geen geheimzinnige schatten. Ze zwemmen een rondje en Lars verlicht zorgvuldig elk plekje van de bodem. Ten slotte steken ze hun duim omhoog en blazen hun trimvest op.

'Ik snap er niks van!' roept Lars als ze boven komen. 'Wat hadden die kerels daar te zoeken? Er is geen bal te zien!'

'Misschien hebben ze alles al weggehaald,' oppert Roel.
Lars haalt twijfelend zijn schouders op. 'We zouden toch
iets moeten zien,' moppert hij. 'Ze haalden waterdichte
dozen boven ... Je gaat me niet vertellen dat die hier zó
lagen! Er moet toch iets zijn waar het spul *uit* kwam!
Roel laat zijn blik over de rotsen glijden. 'Als ze nou ...'
begint hij.
'Als ze nou wát?'
'Stel je voor dat ze iets meenamen wat niet zo diep lag.
Iets wat niet op de bodem lag, maar in een gat in de rotswand?'
Lars begint te stralen. 'Goed zo, jochie! We gaan nog eens
naar beneden, maar nu schijn ik op de wand!'
Dit keer dalen ze dichter langs de rotsen af. Ze komen op
drie meter diepte, vier ... Opeens tikt Roel Lars opgewonden op zijn arm. Hij wijst naar rechts. Daar zit een holte
in de rotswand!
Ze zwenken naar rechts en flipperen in de richting van het
gat. Het is diep en donker. Lars schijnt erin met zijn
lamp. Wat een verrassing! Ze zien een soort tunnel, waar
een volwassen man met gemak door zou kunnen. Maar
ver kunnen ze niet kijken, even verderop maakt de tunnel
een bocht naar boven. Waar zou hij naartoe leiden?
Lars denkt diep na, hij kijkt, kijkt nog eens ... Dan maakt
hij met zijn duim het teken: ik wil naar de oppervlakte!

11. Schatrovers!

'Ik ga erin!' zegt Lars als hij boven komt.

Roel kijkt hem met grote ogen aan. 'Dat is veel te link!' zegt hij. 'Oom Han zei dat we nergens ín mogen als we duiken. En je zei zelf dat je voor een grot een speciale uitrusting nodig hebt!'

Lars controleert kalmpjes de hoeveelheid lucht die nog in zijn duikfles zit. 'Nog bijna helemaal vol,' zegt hij. 'En ik ga alleen maar om die bocht om nog wat verder te kunnen kijken. Dat móét de plek zijn waar die lui hun spullen haalden! En zij hadden geen speciale uitrusting aan, dus die tunnel kan nooit lang zijn.'

'Je weet niet waar hij uitkomt!' roept Roel. 'We moeten ermee kappen en je vader bellen!'

Lars knijpt koppig zijn lippen op elkaar. 'Nog niet,' zegt hij. 'Ik wil weten wat daar is. Als de volwassenen komen, zetten ze ons aan de kant! Kom op Roel, ik ga niet verder dan twee meter!'

'Als je ergens achter blijft steken!' Roel huilt nu bijna.

'Ik blijf nergens achter steken, en als dat wel gebeurt, ga jij hulp halen. Ik heb meer dan genoeg lucht, maak je niet druk.'

Roel kan op zijn kop gaan staan, Lars blijft bij zijn plan. Dus laten ze hun trimvesten leeglopen en zakken ze de diepte in.

Roel voelt zijn hart bonken als Lars het gat inzwemt. Hij

moet buiten blijven en wachten. Ik adem te snel, denkt hij, zo raakt mijn lucht te snel op. Hij probeert rustig te blijven.

Lars blijft lang weg. Die leugenaar, denkt Roel. Hij gaat veel verder dan twee meter! Of ... is er iets gebeurd? Dan ziet hij opeens Lars' zwemvliezen verschijnen. Met een grote grijns op zijn gezicht glijdt zijn neef de tunnel uit. Hij steekt zijn duim omhoog en ze stijgen op.

'Ik heb een grot ontdekt!' schreeuwt Lars als ze boven water komen. 'Met druipstenen en alles ... Geweldig! Je móét het zien, Roel, het is er hartstikke mooi!'

'Zien?' bibbert Roel. 'Ik durf niet door die tunnel, man!'

'Er is geen kunst aan,' lacht Lars. 'Het is een syfon, een gang die onder water staat. Hij is maar een paar meter lang en overal wijd genoeg. Je bent in een wip aan de andere kant, op het droge ... onder de grond!' Zijn ogen schitteren achter zijn masker. 'Maar eerst moeten we een zaklamp halen. Ik wil beter rondkijken en met de duiklamp kan dat niet. Die gaat naar z'n mallemoer als je er boven water te lang mee schijnt.'

Ze zwemmen naar het strandje. Terwijl Roel wacht en moed verzamelt, rent Lars naar huis. Hij komt terug met een zaklamp die hij in een waterdicht tasje heeft gestopt. Hij kan het met een riempje aan zijn pols vastmaken. 'Heb je al besloten?' vraagt hij, terwijl hij zijn pak weer aantrekt.

Roel knikt, hij wil de grot maar al te graag zien! 'Als je zéker weet dat het niet gevaarlijk is,' zegt hij nog wel.

'Je bent in die syfon veiliger dan in je bed,' grijnst Lars. Ze zwemmen terug naar de rotswand, dalen af en flipperen langzaam de syfon in. Eerst een stukje rechtuit, dan de bocht naar boven ... Vanaf de bocht gaat de tunnel schuin omhoog. Lars schijnt met de duiklamp, want het is aardedonker in de syfon. De bundel licht laat grijze rotswanden zien en een grillig plafond. Roel kijkt zijn ogen uit. De geluiden van hun bewegingen en hun flessen maken vreemde echo's die ver klinken. Het duurt niet langer dan een paar tellen, dan duiken ze op uit het water.

Als ze op het droge staan, haalt Lars de zaklamp uit de waterdichte tas. Hij laat het licht over de omgeving dansen. Roel slaakt een kreet. 'Wow!'

Wowwowwow ... galmt het door de grot.

Hij staart met open mond rond. De grot is een meter of tien lang en zes meter breed. Het plafond loopt op van vlak boven het water tot wel vijf meter hoog. Op het hoogste punt zit er een gat in de wand. 'Waarschijnlijk de doorgang naar nóg een grot,' zegt Lars.

In de lichtbundel zien ze duizenden druipstenen. Sommige zijn nog maar fijne naaldjes, andere wel zo dik als boomstammen. Ze hangen te glinsteren aan het plafond, of steken als lansen omhoog uit de vloer. Een eind verderop hangt een golvend gordijn van steen, glimmend van het vocht.

'Wow!' zucht Roel nog een keer hartgrondig.

'Wat kwamen die kerels hier doen?' vraagt Lars zich af.
'Ze moeten hier zijn opgedoken!'

'En iets hebben opgehaald, maar wat?' bromt Roel. Hij
denkt weer aan een schat, of aan de buit van een roof.
Opgewonden zegt hij: 'Schijn eens goed rond. Misschien
zien we een kist of zo. Een kist vol goud, of juwelen!'

Hij zet een paar moeizame passen, want de duikfles op
zijn rug is loodzwaar. De oever van het ondergrondse
meertje is gladgeschuurd door het water. Maar al een paar
meter verder moet hij stoppen. Daar is de bodem te ruw
en stekelig voor zijn blote voeten. Er zijn scherpe randen
en losse stenen, en grillige steenvormen, ontstaan door het
druipende water. Maar hij hoeft niet verder. Achter een
rotsblok ziet hij een leren zak. Met een kreet trekt hij hem
tevoorschijn. 'Lars!'

Lars doet een paar grote stappen en richt zijn zaklamp.
Roel trekt zijn handschoenen uit. Hij pulkt aan het touw
waarmee de zak dichtgebonden zit.

'Moet ik het doen?' vraagt Lars, ongeduldig toekijkend.

'Nee, ik heb 'm al,' zegt Roel. Met een ruk trekt hij de zak
open ... tientallen druipstenen schitteren hen tegemoet.
Roels ogen rollen bijna uit zijn hoofd. 'Dus díe halen ze
naar boven! Weet je nog dat ik zo'n steen gevonden heb
op het strandje? Die hebben ze vast bij het overladen in de
kisten verloren!'

Lars balt zijn vuisten. 'Die kerels zijn geen schatzóékers ...

het zijn schatróvers! Ik denk dat we de Vleermuisbende hebben gevonden!'

12. Stoer!

In het felle licht zien ze nu nog meer zakken, verstopt tussen de rotsen. Ze maken ze een voor een open. Overal zit hetzelfde in: afgebroken druipstenen. Alleen in de laatste zit wat anders.

'Wapens!' roept Roel verschrikt uit.

'Luchtbuksen, volgens mij,' zegt Lars, die er een uit de zak trekt. Er gaat hem een licht op. 'Ik denk dat er vleermuizen in deze grotten zitten ... Weet je nog wat er in die folder stond? Het stikt in deze streek van de vleermuizen, maar niemand weet waar ze overwinteren. Nou ... hier dus! Die lui schieten ze dood en nemen ze mee.'

'Vleermuizen?' vraagt Roel. 'Hoe komen die hier? Die kunnen toch niet door het water van de syfon!'

Lars schudt zijn hoofd en zegt: 'Ik denk dat er gaten naar buiten zijn. Kleine gaten waar mensen niet door kunnen, maar vleermuizen wel.'

'We moeten je vader waarschuwen,' zegt Roel, 'en de politie!'

'We nemen een paar stenen mee als bewijs,' bedenkt Lars. 'Kun jij zwemmen met je handen vol?'

Als ze druipend op de oever klimmen, kijkt Roel angstig rond. 'Als die bende maar niet opeens voor onze neus staat! Ze komen vast de rest ook nog halen,' zegt hij.

'Maar niet overdag,' meent Lars. 'Ze weten dat mijn vader

dan de boel in de gaten houdt. Wij zagen hen niet voor
niks 's nachts aan het werk!'
Hij pakt zijn mobiel en belt zijn vader. Vlug legt hij uit
wat ze ontdekt hebben en vraagt: 'Kom je hierheen, pap?'

Als Lars dacht dat zijn vader hem een held zou vinden,
komt hij bedrogen uit. Oom Han stapt met een woedend
gezicht uit de auto. 'Verdraaid snotjoch!' zegt hij, terwijl
hij het portier met een klap dichtsmijt. 'Hoe haal je het in
je hoofd om een grót in te zwemmen, Lars! Je weet dat
dat bloedlink is! En je neemt Roel nog mee óók!'
'Er was niks aan de hand, pap,' stottert Lars. 'Het is een
tunneltje van likmevestje.'
'Maar dat kon je niet weten!' brult zijn vader. 'Ik heb veel
zin om je duikbrevet in stukken te scheuren!'
'Die mannen hadden geen helmen op of niks,' verdedigt
Lars zich. 'Het kón niet gevaarlijk zijn! En we hebben de
Vleermuisbende ontdekt, pap!'
'Moet u zien,' zegt Roel haastig, benauwd nu oom Han zo
kwaad is. Hij doet zijn handen open en laat de druipstenen zien. 'We hebben ook luchtbuksen gevonden.'
Oom Han slikt zijn woede weg en haalt diep adem. Hij
staart naar de glinsterende stenen in Roels handen. Hij
pakt er een op en draait hem rond. 'Wel allemachtig,' zegt
hij langzaam. Hij haalt zijn mobiel uit zijn zak.

Een uur later rijden er drie politiewagens het strand op.

Uit één ervan tillen twee agenten in burger een paar kisten.

'Duikers!' sist Lars, terwijl hij Roel aanstoot. Hij wijst op de ademluchtflessen in de kofferbak.

Een agent in uniform loopt naar oom Han. Ze praten druk met elkaar. Oom Han laat de stukken druipsteen zien en gebaart naar de jongens. Lars en Roel houden zich een beetje op afstand, nog onder de indruk van zijn uit-brander. Maar de agent wenkt hen. 'Kunnen jullie ons wijzen waar die grot is?' vraagt hij. Hij spreekt Vlaams met een Frans accent.

Lars knikt met stralende ogen. Dan bedenkt hij zich en kijkt met een scheef hoofd naar zijn vader. Die knikt kort-af. Roel durft niet te juichen, maar hij is net zo blij als Lars. Stoer, ze mogen de politie helpen!

De twee agenten die in burger waren, kleden zich om. Ze trekken een soort dunne pyjama aan en daaroverheen een wat slobberig duikpak.

'Hé,' fluistert Roel, 'dat zijn toch geen wetsuits?'

Lars schudt zijn hoofd. 'Dat zijn droogpakken, die hou-den je nog veel warmer. Ze worden gebruikt door beroeps. Zie je die knop op hun borst? Daarmee kunnen ze lucht in en uit hun pak laten lopen. Lucht houdt warmte vast.'

De agenten bouwen hun set op en trekken hun trimvest aan. Ten slotte zetten ze hun masker op. Ook dat is heel anders dan de duikmaskers die Roel en Lars gebruiken. Ze bedekken niet alleen ogen en neus, maar het hele gezicht.

De ademluchtslang zit aan het masker gekoppeld.

'Met zulke maskers op kun je praten,' weet Lars te vertellen. 'Ten eerste hoef je je slang niet in je mond te houden. Ten tweede sta je in contact met elkaar en met de mensen boven water. In het masker zitten een microfoon en ontvangers.'

Een van de politieduikers wenkt hen en stelt zich voor. 'Ik ben Jean,' zegt hij en hij steekt zijn hand uit.

'Ik ben Roel.'

'Ik Lars.'

De andere duiker stelt zich voor als Maxime.

Jean zegt tegen Roel en Lars: 'Wij willen de grot verkennen. Een van de dingen die we willen weten is of er andere uitgangen zijn. Als we de schurken proberen te grijpen, mogen ze niet via een achterdeur ontsnappen.'

De twee jongens knikken. Natuurlijk!

'Jullie kunnen mee door de syfon om ons de weg te wijzen,' zegt Jean. 'Daarna moeten jullie in de voorste grot wachten. Heb je je lamp?'

Lars steekt hem omhoog.

Maxime raapt een paar netten op. Het zijn precies zulke netten als die van de bende. Het lijken visnetten met een beugel bovenaan. 'Verzamelnetten,' vertelt Jean, die Roel ziet kijken. Ze kunnen met een riempje om je pols, zodat je ze niet verliest.

Behalve hun netten en duiklampen nemen de agenten twee overalls mee. Ze zullen zich in de grot omkleden om

58

hun duikpakken niet te beschadigen. Volbeladen lopen ze het water in.

Lars en Roel hebben hun uitrusting ook weer aan. Ze spugen in hun masker en zetten het op. Dan gaan ze achter de agenten aan. Even later zien de achterblijvers alleen nog vier wolken bellen opborrelen.

13. In de boeien

Na de duik posten er nacht na nacht twee agenten bij het meer. 's Morgens komen ze koffiedrinken in het hoofdgebouw van X-treem. Roel en Lars staan elke ochtend vroeg op om van de partij te zijn. Maar iedere keer horen ze hetzelfde verhaal: niets gezien of gehoord. De Vleermuisbende vertoont zich niet. Zouden ze iets vermoeden? Roel hoopt vurig dat de schurken gauw zullen komen, anders mist hij de ontknoping! Nog maar vijf dagen, dan is de meivakantie afgelopen.

Hij piekert ook nog over iets anders. Als de vakantie voorbij is, duurt het niet lang voor *Actie Prik* begint! En hij heeft nog steeds niets bedacht. Hoeveel geld zouden zijn vrienden Stefan en Wim al hebben opgehaald? Die zouden voetballessen geven in de vakantie, op de camping in de buurt. Dat is vast een groot succes! Roel grinnikt. Het geld is alleen niet voor prikken. Ze willen er voetbalspullen voor kopen, voor de kinderen in Malawi. Die twee zijn nou eenmaal helemaal voetbalgek! Hij zucht. Hij zou wel een duikdemonstratie willen geven, maar dan heb je een zwembad nodig. Eén met glazen wanden! Daar kan hij wel van dromen, maar dat krijgt hij nooit voor elkaar.

'Zullen we eens naar het meer lopen?' stelt Lars op woensdagavond voor. Hij houdt het wachten ook niet meer uit. Ze liggen al in bed, maar ze kunnen de slaap niet vatten.

'Dat mag niet,' zegt Roel. 'We mogen de politie niet voor de voeten lopen, zei je vader.'

Lars haalt zijn schouders op. 'We lopen ze niet voor de voeten, we kijken alleen maar. Weet je nog die heuvel vanwaar we de Vleermuisbende hebben beloerd? Daar kunnen we nu ook gaan liggen.'

Roel aarzelt, maar hij heeft er ontzettend veel zin in!

'Oké,' zegt hij, terwijl hij zijn dekbed van zich afgooit. 'Maar we moeten ervoor zorgen dat niemand ons ziet! Ik heb geen zin in herrie.'

De slaapkamer van Lars is op de begane grond. De twee neven besluiten door het raam naar buiten te klimmen. Zo kunnen ze meteen het bos in glippen en worden ze niet betrapt.

Lars durft zijn zaklamp maar af en toe aan te knippen. Het grootste deel van de weg lopen ze in het donker. Op de open stukken schieten ze beter op, daar schijnt wat sterrenlicht. Eindelijk komen ze in de buurt van het meer. 'Hier de helling op,' fluistert Lars, en geeft Roel een duwtje. Die klautert voetje voor voetje naar boven. De bodem is hier begroeid met dik, verend mos. Hij maakt geen enkel geluid tot hij op de top van de heuvel tegen iets aanstoot en struikelt! Terwijl hij met zijn armen maait, voelt hij een gezicht. Hij gilt het uit. Er klinkt een vloek, en het volgende ogenblik is het donker vol beweging. Er springt iemand boven op hem en hij wordt op zijn buik gesmeten. Zijn armen worden naar achteren getrokken. Hij voelt iets kouds om zijn polsen. Een scherpe klik – hij zit vast! Een stem sist iets in het Frans.

Roel is te bang om te gillen. Hij durft zich niet eens meer te bewegen. Hij ligt met zijn gezicht in het mos gedrukt. Zijn hart klopt zó fel dat het pijn doet. Uit de duisternis antwoordt een andere stem. De bladeren van een struik ritselen en een donkere figuur komt naast Roel staan. Misselijk van angst kijkt hij naar twee zwarte, glimmende laarzen.

Een hand pakt hem bij zijn haren en trekt zijn hoofd omhoog. 'Auwau!' huilt Roel. Een lamp schijnt in zijn gezicht en hij knijpt zijn ogen dicht.

Iemand zuigt verrast zijn adem in en zegt: 'Roel!'

Roel probeert zijn tranen weg te knipperen. Het is Jean, de politieduiker die hij geholpen heeft. Naast hem staat nog een andere agent.

'Wat doe jij hier?' vraagt Jean verbaasd en boos. Hij pakt een sleutel en maakt vlug de handboeien open. Bibberend gaat Roel overeind zitten. 'K ... kijken,' stottert hij snikkend. 'Samen met Lars, die is hier ook ergens.'

Lars wil zijn neef niet in de steek laten. Nu hij begrijpt dat de mannen niet bij de Vleermuisbende horen, komt hij tevoorschijn. 'Sorry,' zegt hij beteuterd. 'We wilden niet lastig zijn.'

'Nou, dat zijn jullie wél,' zegt Jean kwaad. 'Ik schrok me

rot, ik dacht dat Roel een van die schurken was. Zijn jullie gek geworden, om hier rond te zwerven? Ga als de bliksem ...'

Het geronk van een motor onderbreekt hem. Het klinkt nog ver weg, maar komt snel dichterbij. Jean heeft geen tijd meer voor de twee jongens. Hij zegt iets tegen zijn maat. Met een vaart springen ze weg.

Lars kan het niet laten. 'Kom mee!' fluistert hij en hij vliegt achter de agenten aan. Roel durft niet alleen achter te blijven. Met knikkende knieën volgt hij zijn neef.

Bij een boom, die op een uitstekend rotsblok groeit, houden ze halt. Ze gluren door de takken. Daar is de pick-up!

14. Actie!

Roel en Lars horen hoe Jean zacht in zijn portofoon praat. Roel verstaat geen Frans, maar hij begrijpt dat er hulp moet komen. Verder doen de twee agenten niets. Ze wachten alleen maar, en kijken.

Er springen vier mannen uit de pick-up. Drie van hen maken zich klaar om te duiken. De vierde hangt rond, maar houdt daarbij scherp het bos in de gaten. Gelukkig zijn de vier bespieders op de heuvel niet te zien tussen de bladeren.

Na een kwartier verdwijnen de drie duikers in het meer. De vierde man hangt tegen de pick-up. Hij rookt een sigaret. Als hij eraan trekt, gloeit het puntje op in de nacht.

Na wat een eeuwigheid lijkt, laat Jean zich van de helling glijden. Als Roel achterom gluurt, ziet hij een lamp opflitsen en weer uitdoven. De hulp is aangekomen! Blijkbaar zijn de agenten te voet, en hebben ze hun auto's ergens laten staan. Zo wordt de bende niet gewaarschuwd door motorgeronk, snapt Roel. Hij ziet hoe de agenten zich als schimmen verspreiden.

'Ze omsingelen het strandje,' fluistert Lars in zijn oor. Roel knikt alleen maar. Hij drukt zich tegen de grond en houdt zich doodstil. Eén keer in de boeien is meer dan genoeg!

Het blijft nog een tijd stil, maar dan gaat alles opeens heel snel. Een van de duikers komt terug en draagt de buit de oever op. Zijn maat trapt zijn sigaret uit en loopt naar hem toe. Ze buigen zich over het volle net. Op dat moment rennen een stuk of acht agenten het strand op. Een stem brult iets in het Frans. Vóór de twee verraste schurken iets kunnen doen, zijn ze erbij. Drie agenten dwingen de duiker zijn trimvest uit te trekken. Twee anderen smijten zijn maat op zijn buik op de grond. Ze trekken zijn armen achter zijn rug … klik! Roel weet precies hoe die kerel zich voelt.

Terwijl het tweetal geboeid wordt, stappen zes politieduikers het meer in. Ze waden naar het diepe en trekken hun zwemvliezen aan. Dan draaien ze aan de knop op hun droogpak en zakken onder water.

'Die gaan die twee uit de grot plukken,' sist Lars. 'Jammer dat we er niet bij zijn.'

Het is net of ze naar een film kijken. Politieauto's draaien het strand op en de twee schurken worden afgevoerd. De politieduikers komen het water uit met de rest van de bende. Ook zij worden in een auto geduwd en weggereden. Agenten zwermen om de pick-up en maken de kisten in de bak open. De politieduikers gaan het meer weer in. Om de beurt komen ze terug met volle netten.

'Eind van de voorstelling, jongelui,' klinkt opeens een stem achter Roel en Lars. Ze maken een sprong van schrik. Jean heeft de heuvel beklommen en grijnst breed. 'Nu staan we weer quitte,' zegt hij. 'Ik een stuip van jullie, jullie een stuip van mij. Het spel is hier uit. Zal ik jullie even naar huis brengen?'

'In een politieauto?' vraagt Roel gretig.

'Jawel meneer, en zónder handboeien om,' lacht Jean.

Lars kijkt een beetje benauwd. 'Gaat u mijn vader en moeder zeggen dat we hier geweest zijn?'

'Die mogen het zeker niet weten, hè?' zegt Jean pesterig.

'Liever niet,' piept Lars.

'Hm ...' zegt Jean. Hij doet alsof hij nadenkt. 'Nou, vooruit, omdat jullie het zijn die de Vleermuisbende ontdekt hebben. Ik kan moeilijk toestaan dat iemand twee helden over de knie legt.'

'Bedankt.' Lars grinnikt schaapachtig. 'Zet u ons dan een eindje vóór het huis af? Dan klimmen we door mijn raam naar binnen.'

15. Voor een prikkie

De 'helden' hebben het de volgende dagen druk met de pers. De ene journalist na de andere belt aan om hun verhaal te horen. Oom Han is wel blij met de aandacht: allemaal reclame voor X-treem! Roel bewaart alle kranten waar hun foto in staat. Zo'n supervakantie heeft hij nog nooit gehad!

'Ik heb heel wat te vertellen op school,' glundert hij.

'Ga je nog één keer mee duiken?' vraagt Lars. 'De fotografen zijn weg bij het meer!'

'Yes!' zegt Roel.

'Maar jullie blijven uit die grotten weg!' zegt oom Han dreigend. 'Kom in de zomer maar terug, Roel. Dan kun je ze verkennen onder leiding van een gids. Ik ben van plan er een attractie van te maken. Volgens de politie is het een hele ketting van grotten met prachtige druipsteenformaties. Misschien vinden we nog wel ergens een doorgang naar boven.'

'Een verdwijngat,' lacht Roel.

Oom Han knikt peinzend: 'Ooit moet er water hebben gestroomd, ja. Dat heeft die grotten uitgeslepen.'

Lars trekt ongeduldig aan Roels mouw. 'Kom op, we gaan onze spullen pakken!'

'Gaan we een beetje wipwappen?' vraagt Lars als ze in het water staan. Roel weet meteen wat hij bedoelt. Dat geintje heeft hij vorige week geleerd. Je gaat plat op je buik op de bodem van het meer liggen. Je doet je benen wijd en maakt jezelf zo stijf als een plank. Dan blaas je je trimvest een klein beetje op, zodat je omhoog drijft. Je doet dat tot alleen de tippen van je zwemvliezen de bodem nog raken. Als je het goed uitkient, ben je klaar om te gaan 'wipwappen'. Door in en uit te ademen, zweef je op en neer. Dat komt doordat je met volle longen omhoog drijft. Blaas je je longen leeg, dan zink je weer een stukje. Je vliezen blijven op de bodem, zodat het net is of je op een wip zit.

Ze vermaken zich met het spel, tot er opeens water in Lars' masker loopt. Meteen ademt hij stevig door zijn neus uit, en doet zijn hoofd achterover. Hij drukt op de bovenrand van zijn masker. Zo blaast hij het water uit het masker, weet Roel. Het heeft wel even geduurd voor hij dat kunstje onder de knie had. Vooral op grotere diepte is het belangrijk dat je dat kunt. Je kunt moeilijk elke keer naar boven om je masker te legen!

Terwijl Lars bezig is, drijft Roel lui rond. Opeens wordt zijn aandacht getrokken door iets dat felgeel is. Dat is vreemd, er groeien hier geen bloemen onder water. Hij probeert de aandacht van Lars te trekken. Als buddy's moet je immers niet te ver van elkaar vandaan gaan. Lars zwemt nieuwsgierig dichterbij. Roel wijst op het gele ding en ze flipperen ernaartoe.

Het is een verzamelnet! De jongens zetten grote ogen op en gebaren opgewonden. Er zitten dozen in ... Dit net is verloren door de bende of door de politie. Roel grijpt het beet. Het riempje dat om je pols moet, is doorgesleten. Geen wonder dat het net gezonken is. Zo snel als maar kan, zwemmen de neven naar boven.

'Wow!' zegt Roel even later, als ze een doos hebben opengemaakt. Hij haalt een druipsteen uit de doos en laat de kristalletjes schitteren. 'Ik wil ze houden!'

'Eigenlijk moeten ze naar de politie,' zegt Lars aarzelend.

'Die hebben genoeg bewijsmateriaal!' snuift Roel. 'En niemand heeft er schade van, want ze zijn al afgebroken!'

'Houd er een paar,' raadt Lars hem aan. 'Dan geven we de rest aan de politie.'

'Nee,' zegt Roel, want hij heeft opeens een idee. Eindelijk! 'Ik verkoop ze voor *Actie Prik*!' roept hij uit.

Ze verstoppen het net onder een struik en duiken nog een poos. Als oom Han hen komt ophalen, laten de jongens hem de dozen zien.

'Mogen we ze houden, oom Han?' smeekt Roel. 'Ik wil ze verkopen voor *Actie Prik* !'

Oom Han port met zijn schoen in het gele net. Roel heeft hem verteld van de actie.

'Kom op, pap,' zegt Lars. 'Dat is toch een goed idee! De politie heeft al een hele berg. En we kunnen ze toch niet terughangen in de grotten!'

Oom Han schiet in de lach, hij ziet het al voor zich!

'Wacht maar even,' zegt hij, en pakt zijn mobieltje. Al

pratend drentelt hij ermee weg.

Roel en Lars kijken elkaar gespannen aan; wie zou hij bellen? Dat raadsel is gauw opgelost. Als oom Han terugkomt, heeft hij een vrolijke grijns op zijn gezicht. Hij trekt zijn portemonnee uit zijn broekzak en zegt: 'Je mag ze houden, knul. De politie stuurt me een brief met hun toestemming. Laat mij de eerste steen van je kopen. Wat vraag je ervoor?'

Lars mept Roel van opluchting hard op zijn schouders. Hij roept: 'Ik weet het al, Roel: geef hem die druipsteen voor een prikkie!'

Wil je meer weten over duiken? Surf eens naar www.duiklinks.nl; of typ 'duiken' in op Google en zoek naar spreekbeurten of andere leuke sites!

kids united

Word jij een nieuwe Kids United held?

In dit boek heb je gelezen over 'actie prik'. Wil jij ook in actie komen om kinderen in andere landen te helpen? Kom dan bij Kids United. De kinderclub van Unicef zoekt helden die meehelpen om kinderen een beter leven te geven. Nog steeds kunnen kinderen niet naar school of worden ziek omdat ze geen prik hebben gehad. Dat kan natuurlijk niet!

Word lid van Kids United

Voor € 10,- per jaar krijg jij:

→ 5x per jaar het Kids United magazine

→ je eigen clubpas, keykoord en pet

→ toegang tot
   www.kidsunited.nl

→ en je kunt meedoen aan
   coole acties

Meer weten? www.kidsunited.nl

voor kinderactiviteiten in België: www.unicef.be

NEDERLANDSE
KINDERJURY
2007

Een deel van de opbrengst van dit boek komt ten goede aan projecten van Unicef.

AVI 7

1e druk 2006

ISBN 90.276.6308.4
NUR 282

© 2006 Tekst: Monique van der Zanden
© 2006 Tekeningen: René Pullens
Vormgeving: Rob Galema
© Uitgeverij Zwijsen B.V. Tilburg

Voor België:
Zwijsen-Infoboek, Meerhout
D/2006/1919/105